HÉSIODE ÉDITIONS

ÉMILE ZOLA

L'Attaque du moulin

Hésiode éditions

© Hésiode éditions.

1 rue Honoré - 93500 Pantin.
ISBN 978-2-38512-055-9
Dépôt légal : Octobre 2022

Impression Books on Demand GmbH

In de Tarpen 42
22848 Norderstedt, Allemagne

L'Attaque du moulin

I

Le moulin du père Merlier, par cette belle soirée d'été, était en grande fête. Dans la cour, on avait mis trois tables, placées bout à bout, et qui attendaient les convives. Tout le pays savait qu'on devait fiancer, ce jour-là, la fille Merlier, Françoise, avec Dominique, un garçon qu'on accusait de fainéantise, mais que les femmes, à trois lieues à la ronde, regardaient avec des yeux luisants, tant il avait bon air.

Ce moulin du père Merlier était une vraie gaieté. Il se trouvait juste au milieu de Rocreuse, à l'endroit où la grand'route fait un coude. Le village n'a qu'une rue, deux files de masures, une file à chaque bord de la route ; mais là, au coude, des prés s'élargissent, de grands arbres, qui suivent le cours de la Morelle, couvrent le fond de la vallée d'ombrages magnifiques. Il n'y a pas, dans toute la Lorraine, un coin de nature plus adorable. À droite et à gauche, des bois épais, des futaies séculaires montent des pentes douces, emplissent l'horizon d'une mer de verdure ; tandis que, vers le midi, la plaine s'étend, d'une fertilité merveilleuse, déroulant à l'infini des pièces de terre coupées de haies vives. Mais ce qui fait surtout le charme de Rocreuse, c'est la fraîcheur de ce trou de verdure, aux journées les plus chaudes de juillet et d'août. La Morelle descend des bois de Gagny, et il semble qu'elle prenne le froid des feuillages sous lesquels elle coule pendant des lieues ; elle apporte les bruits murmurants, l'ombre glacée et recueillie des forêts. Et elle n'est point la seule fraîcheur : toutes sortes d'eaux courantes chantent sous les bois ; à chaque pas, des sources jaillissent ; on sent, lorsqu'on suit les étroits sentiers, comme des lacs souterrains qui percent sous la mousse et profitent des moindres fentes, au pied des arbres, entre les roches, pour s'épancher en fontaines cristallines. Les voix chuchotantes de ces ruisseaux s'élèvent si nombreuses et si hautes, qu'elles couvrent le chant des bouvreuils. On se croirait dans quelque parc enchanté, avec des cascades tombant de toutes parts.

En bas, les prairies sont trempées. Des marronniers gigantesques font des ombres noires. Au bord des prés, de longs rideaux de peupliers alignent leurs tentures bruissantes. Il y a deux avenues d'énormes platanes qui montent, à travers champs, vers l'ancien château de Gagny, aujourd'hui en ruines. Dans cette terre continuellement arrosée, les herbes grandissent démesurément. C'est comme un fond de parterre entre les deux coteaux boisés, mais de parterre naturel, dont les prairies sont les pelouses, et dont les arbres géants dessinent les colossales corbeilles. Quand le soleil, à midi, tombe d'aplomb, les ombres bleuissent, les herbes allumées dorment dans la chaleur, tandis qu'un frisson glacé passe sous les feuillages.

Et c'était là que le moulin du père Merlier égayait de son tic-tac un coin de verdures folles. La bâtisse, faite de plâtre et de planches, semblait vieille comme le monde. Elle trempait à moitié dans la Morelle, qui arrondit à cet endroit un clair bassin. Une écluse était ménagée, la chute tombait de quelques mètres sur la roue du moulin, qui craquait en tournant, avec la toux asthmatique d'une fidèle servante vieillie dans la maison. Quand on conseillait au père Merlier de la changer, il hochait la tête en disant qu'une jeune roue serait plus paresseuse et ne connaîtrait pas si bien le travail ; et il raccommodait l'ancienne avec tout ce qui lui tombait sous la main, des douves de tonneau, des ferrures rouillées, du zinc, du plomb. La roue en paraissait plus gaie, avec son profil devenu étrange, tout empanachée d'herbes et de mousses. Lorsque l'eau la battait de son flot d'argent, elle se couvrait de perles, on voyait passer son étrange carcasse sous une parure éclatante de colliers de nacre.

La partie du moulin qui trempait ainsi dans la Morelle, avait l'air d'une arche barbare, échouée là. Une bonne moitié du logis était bâtie sur des pieux. L'eau entrait sous le plancher, il y avait des trous, bien connus dans le pays pour les anguilles et les écrevisses énormes qu'on y prenait. En dessous de la chute, le bassin était limpide comme un miroir, et lorsque la roue ne le troublait pas de son écume, on apercevait des bandes de gros poissons qui nageaient avec des lenteurs d'escadre. Un escalier rompu descendait à la rivière, près d'un pieu où était amarrée une barque. Une galerie de bois passait au-dessus de la roue. Des fenêtres s'ouvraient, percées irrégulièrement. C'était un pêle-mêle d'encoignures, de petites murailles, de constructions ajoutées après coup, de poutres et de toitures qui donnaient au moulin un aspect d'ancienne citadelle démantelée. Mais des lierres avaient poussé, toutes sortes de plantes grimpantes bouchaient les crevasses trop grandes et mettaient un manteau vert à la vieille demeure. Les demoiselles qui passaient, dessinaient sur leurs albums le moulin du père Merlier.

Du côté de la route, la maison était plus solide. Un portail en pierre s'ouvrait sur la grande cour, que bordaient à droite et à gauche des hangars et des écuries. Près d'un puits, un orme immense couvrait de son ombre la moitié de la cour. Au fond, la maison alignait les quatre fenêtres de son premier étage, surmonté d'un colombier. La seule coquetterie du père Merlier était de faire badigeonner cette façade tous les dix ans. Elle venait justement d'être blanchie, et elle éblouissait le village, lorsque le soleil l'allumait, au milieu du jour.

Depuis vingt ans, le père Merlier était maire de Rocreuse. On l'estimait pour la fortune qu'il avait su faire. On lui donnait quelque chose comme quatre-vingt mille francs, amassés sou à sou. Quand il avait épousé Madeleine Guillard, qui lui apportait en dot le moulin, il ne possédait guère que ses deux bras. Mais Madeleine ne s'était jamais repentie de son choix, tant il avait su mener gaillardement les affaires du ménage. Aujourd'hui, la femme était défunte, il restait veuf avec sa fille Françoise. Sans doute, il aurait pu se reposer, laisser la roue du moulin dormir dans la mousse ; mais il se serait trop ennuyé, et la maison lui aurait semblé morte. Il travaillait toujours, pour le plaisir. Le père Merlier était alors un grand vieillard, à longue figure silencieuse, qui ne riait jamais, mais qui était tout de même très gai en dedans. On l'avait choisi pour maire, à cause de son argent, et aussi pour le bel air qu'il savait prendre, lorsqu'il faisait un mariage.

Françoise Merlier venait d'avoir dix-huit ans. Elle ne passait pas pour une des belles filles du pays, parce qu'elle était chétive. Jusqu'à quinze ans, elle avait même été laide. On ne pouvait pas comprendre, à Rocreuse, comment la fille du père et de la mère Merlier, tous deux si bien plantés, poussait mal et d'un air de regret. Mais à quinze ans, tout en restant délicate, elle prit une petite figure, la plus jolie du monde. Elle avait des cheveux noirs, des yeux noirs, et elle était toute rose avec ça ; une bouche qui riait toujours, des trous dans les joues, un front clair où il y avait comme une couronne de soleil. Quoique chétive pour le pays, elle n'était pas maigre, loin de là ; on voulait dire simplement qu'elle n'aurait pas pu lever un sac de blé ; mais elle devenait toute potelée avec l'âge, elle devait finir par être ronde et friande comme une caille. Seulement, les longs silences de son père l'avaient rendue raisonnable très jeune. Si elle riait toujours, c'était pour faire plaisir aux autres. Au fond, elle était sérieuse.

Naturellement, tout le pays la courtisait, plus encore pour ses écus que pour sa gentillesse. Et elle avait fini par faire un choix, qui venait de scandaliser la contrée. De l'autre côté de la Morelle, vivait un grand garçon, que l'on nommait Dominique Penquer. Il n'était pas de Rocreuse. Dix ans auparavant, il était arrivé de Belgique, pour hériter d'un oncle, qui possédait un petit bien, sur la lisière même de la forêt de Gagny, juste en face du moulin, à quelques portées de fusil. Il venait pour vendre ce bien, disait-il, et retourner chez lui. Mais le pays le charma, paraît-il, car il n'en bougea plus. On le vit cultiver son bout de champ, récolter quelques légumes dont il vivait. Il pêchait, il chassait ; plusieurs fois, les gardes faillirent le prendre et lui dresser des procès-verbaux. Cette existence libre, dont les paysans ne s'expliquaient pas bien les ressources, avait fini par lui donner un mauvais renom. on le traitait vaguement de braconnier. En tout cas, il était paresseux, car on le trouvait souvent endormi dans l'herbe, à des heures où il aurait dû travailler. La masure qu'il habitait, sous les derniers arbres de la forêt, ne semblait pas non plus la demeure d'un honnête garçon. Il aurait eu un commerce avec les loups des ruines de Gagny, que cela n'aurait point surpris les vieilles femmes. Pourtant, les jeunes filles, parfois, se hasardaient à le défendre, car il était superbe, cet homme louche, souple et grand comme un peuplier, très blanc de peau, avec une barbe et des cheveux blonds qui semblaient de l'or au soleil. Or, un beau matin, Françoise avait déclaré au père Merlier qu'elle aimait Dominique et que jamais elle ne consentirait à épouser un autre garçon.

On pense quel coup de massue le père Merlier reçut, ce jour-là ! Il ne dit rien, selon son habitude. Il avait son visage réfléchi ; seulement, sa gaieté intérieure ne luisait plus dans ses yeux. On se bouda pendant une semaine. Françoise, elle aussi, était toute grave. Ce qui tourmentait le père Merlier, c'était de savoir comment ce gredin de braconnier avait bien pu ensorceler sa fille. Jamais Dominique n'était venu au moulin. Le meunier guetta et il aperçut le galant, de l'autre côté de la Morelle, couché dans l'herbe et feignant de dormir. Françoise, de sa chambre, pouvait le voir. La chose était claire, ils avaient dû s'aimer, en se faisant les doux yeux par-dessus la roue du moulin.

Cependant, huit autres jours s'écoulèrent. Françoise devenait de plus en plus grave. Le père Merlier ne disait toujours rien. Puis, un soir, silencieusement, il amena lui-même Dominique. Françoise, justement, mettait la table. Elle ne parut pas étonnée, elle se contenta d'ajouter un couvert ; seulement, les petits trous de ses joues venaient de se creuser de nouveau, et son rire avait reparu. Le matin, le père Merlier était allé trouver Dominique dans sa masure, sur la lisière du bois. Là, les deux hommes avaient causé pendant trois heures, les portes et les fenêtres fermées. Jamais personne n'a su ce qu'ils avaient pu se dire. Ce qu'il y a de certain, c'est que le père Merlier en sortant traitait déjà Dominique comme son fils. Sans doute, le vieillard avait trouvé le garçon qu'il était allé chercher, un brave garçon, dans ce paresseux qui se couchait sur l'herbe pour se faire aimer des filles.

Tout Rocreuse clabauda. Les femmes, sur les portes, ne tarissaient pas au sujet de la folie du père Merlier, qui introduisait ainsi chez lui un garnement. Il laissa dire. Peut-être s'était-il souvenu de son propre mariage.

Lui non plus ne possédait pas un sou vaillant, lorsqu'il avait épousé Madeleine et son moulin ; cela pourtant ne l'avait point empêché de faire un bon mari. D'ailleurs, Dominique coupa court aux cancans, en se mettant si rudement à la besogne, que le pays en fut émerveillé. Justement le garçon du moulin était tombé au sort, et jamais Dominique ne voulut qu'on en engageât un autre. Il porta les sacs, conduisit la charrette, se battit avec la vieille roue, quand elle se faisait prier pour tourner, tout cela d'un tel cœur, qu'on venait le voir par plaisir. Le père Merlier avait son rire silencieux. Il était très fier d'avoir deviné ce garçon. Il n'y a rien comme l'amour pour donner du courage aux jeunes gens.

Au milieu de toute cette grosse besogne, Françoise et Dominique s'adoraient. Ils ne se parlaient guère, mais ils se regardaient avec une douceur souriante. Jusque-là, le père Merlier n'avait pas dit un seul mot au sujet du mariage ; et tous deux respectaient ce silence, attendant la volonté du vieillard. Enfin, un jour, vers le milieu de juillet, il avait fait mettre trois tables dans la cour, sous le grand orme, en invitant ses amis de Rocreuse à venir le soir boire un coup avec lui. Quand la cour fut pleine et que tout le monde eut le verre en main, le père Merlier leva le sien très haut en disant :

– C'est pour avoir le plaisir de vous annoncer que Françoise épousera ce gaillard-là dans un mois, le jour de la Saint-Louis.

Alors, on trinqua bruyamment. Tout le monde riait. Mais le père Merlier, haussant la voix, dit encore :

– Dominique, embrasse ta promise. Ça se doit.

Et ils s'embrassèrent, très rouges pendant que l'assistance riait plus fort. Ce fut une vraie fête. On vida un petit tonneau. Puis, quand il n'y eut là que les amis intimes, on causa d'une façon calme. La nuit était tombée, une nuit étoilée et très claire. Dominique et Françoise, assis sur un banc, l'un près de l'autre, ne disaient rien. Un vieux paysan parlait de la guerre que l'empereur avait déclarée à la Prusse. Tous les gars du village étaient déjà partis. La veille, des troupes avaient encore passé. On allait se cogner dur.

– Bah ! dit le père Merlier avec l'égoïsme d'un homme heureux, Dominique est étranger, il ne partira pas… Et si les Prussiens venaient, il serait là pour défendre sa femme.

Cette idée que les Prussiens pouvaient venir parut une bonne plaisanterie. On allait leur flanquer une raclée soignée, et ce serait vite fini.

– Je les ai déjà vus, je les ai déjà vus, répéta d'une voix sourde le vieux paysan.

Il y eut un silence. Puis, on trinqua une fois encore. Françoise et Dominique n'avaient rien entendu ; ils s'étaient pris doucement la main, derrière le banc, sans qu'on pût les voir, et cela leur semblait si bon, qu'ils restaient là, les yeux perdus au fond des ténèbres.

Quelle nuit tiède et superbe ! Le village s'endormait aux deux bords de la route blanche, dans une tranquillité d'enfant. On n'entendait plus, de loin en loin, que le chant de quelque coq éveillé trop tôt. Des grands bois voisins, descendaient de longues haleines qui passaient sur les toitures comme des caresses. Les prairies, avec leurs ombrages noirs, prenaient une majesté mystérieuse et recueillie, tandis que toutes les sources, toutes les eaux courantes qui jaillissaient dans l'ombre, semblaient être la respiration fraîche et rythmée de la campagne endormie. Par instants, la vieille roue du moulin, ensommeillée, paraissait rêver comme ces vieux chiens de garde qui aboient en ronflant ; elle avait des craquements, elle causait toute seule, bercée par la chute de la Morelle, dont la nappe rendait le son musical et continu d'un tuyau d'orgues. Jamais une paix plus large n'était descendue sur un coin plus heureux de nature.

II

Un mois plus tard, jour pour jour, juste la veille de la Saint-Louis, Rocreuse était dans l'épouvante. Les Prussiens avaient battu l'empereur et s'avançaient à marches forcées vers le village. Depuis une semaine, des gens qui passaient sur la route annonçaient les Prussiens : « Ils sont à Lormière, ils sont à Novelles » ; et, à entendre dire qu'ils se rapprochaient si vite, Rocreuse, chaque matin, croyait les voir descendre par les bois de Gagny. Ils ne venaient point cependant, cela effrayait davantage. Bien sûr qu'ils tomberaient sur le village pendant la nuit et qu'ils égorgeraient tout le monde.

La nuit précédente, un peu avant le jour, il y avait eu une alerte. Les habitants s'étaient réveillés, en entendant un grand bruit d'hommes sur la route. Les femmes déjà se jetaient à genoux et faisaient des signes de croix, lorsqu'on avait reconnu des pantalons rouges, en entr'ouvrant prudemment les fenêtres. C'était un détachement français. Le capitaine avait tout de suite demandé le maire du pays, et il était resté au moulin, après avoir causé avec le père Merlier.

Le soleil se levait gaiement, ce jour-là. Il ferait chaud, à midi. Sur les bois, une clarté blonde flottait, tandis que dans les fonds, au-dessus des prairies, montaient des vapeurs blanches. Le village, propre et joli, s'éveillait dans la fraîcheur, et la campagne, avec sa rivière et ses fontaines, avait des grâces mouillées de bouquet. Mais cette belle journée ne faisait rire personne. On venait de voir le capitaine tourner autour du moulin, regarder les maisons voisines, passer de l'autre côté de la Morelle, et de là, étudier le pays avec une lorgnette ; le père Merlier, qui l'accompagnait, semblait donner des explications. Puis, le capitaine avait posté des soldats derrière des murs, derrière des arbres, dans des trous. Le gros du détachement campait dans la cour du moulin. On allait donc se battre ? Et quand le père Merlier revint, on l'interrogea. Il fit un long signe de tête, sans parler. Oui, on allait se battre.

Françoise et Dominique étaient là, dans la cour, qui le regardaient. Il finit par ôter sa pipe de la bouche, et dit cette simple phrase :

– Ah ! mes pauvres petits, ce n'est pas demain que je vous marierai !

Dominique, les lèvres serrées, avec un pli de colère au front, se haussait parfois, restait les yeux fixés sur les bois de Gagny, comme s'il eût voulu voir arriver les Prussiens. Françoise, très pâle, sérieuse, allait et venait, fournissant aux soldats ce dont ils avaient besoin. Ils faisaient la soupe dans un coin de la cour, et plaisantaient, en attendant de manger.

Cependant, le capitaine paraissait ravi. Il avait visité les chambres et la grande salle du moulin donnant sur la rivière. Maintenant, assis près du puits, il causait avec le père Merlier.

– Vous avez là une vraie forteresse, disait-il. Nous tiendrons bien jusqu'à ce soir… Les bandits sont en retard. Ils devraient être ici.

Le meunier restait grave. Il voyait son moulin flamber comme une torche. Mais il ne se plaignait pas, jugeant cela inutile. Il ouvrit seulement la bouche, pour dire :

– Vous devriez faire cacher la barque derrière la roue. Il y a là un trou où elle tient… Peut-être qu'elle pourra servir.

Le capitaine donna un ordre. Ce capitaine était un bel homme d'une quarantaine d'années, grand et de figure aimable. La vue de Françoise et de Dominique semblait le réjouir. Il s'occupait d'eux, comme s'il avait oublié la lutte prochaine. Il suivait Françoise des yeux, et son air disait clairement qu'il la trouvait charmante. Puis, se tournant vers Dominique :

– Vous n'êtes donc pas à l'armée, mon garçon ? lui demanda-t-il brusquement.

– Je suis étranger, répondit le jeune homme.

Le capitaine parut goûter médiocrement cette raison. Il cligna les yeux et sourit. Françoise était plus agréable à fréquenter que le canon. Alors, en le voyant sourire, Dominique ajouta :

– Je suis étranger, mais je loge une balle dans une pomme, à cinq cents mètres… Tenez, mon fusil de chasse est là, derrière vous.

– Il pourra vous servir, répliqua simplement le capitaine.

Françoise s'était approchée, un peu tremblante. Et, sans se soucier du monde qui était là, Dominique prit et serra dans les siennes les deux mains qu'elle lui tendait, comme pour se mettre sous sa protection. Le capitaine avait souri de nouveau, mais il n'ajouta pas une parole. Il demeurait assis, son épée entre les jambes, les yeux perdus, paraissant rêver.

Il était déjà dix heures. La chaleur devenait très forte. Un lourd silence se faisait. Dans la cour, à l'ombre des hangars, les soldats s'étaient mis à manger la soupe. Aucun bruit ne venait du village, dont les habitants avaient tous barricadé leurs maisons, portes et fenêtres. Un chien, resté seul sur la route, hurlait. Des bois et des prairies voisines, pâmés par la chaleur, sortait une voix lointaine, prolongée, faite de tous les souffles épars. Un coucou chanta. Puis, le silence s'élargit encore.

Et, dans cet air endormi, brusquement, un coup de feu éclata. Le capitaine se leva vivement, les soldats lâchèrent leurs assiettes de soupe, encore à moitié pleines. En quelques secondes, tous furent à leur poste de combat ; de bas en haut, le moulin se trouvait occupé. Cependant, le capitaine, qui s'était porté sur la route, n'avait rien vu ; à droite, à gauche, la route s'étendait, vide et toute blanche. Un deuxième coup de feu se fit entendre, et toujours rien, pas une ombre. Mais, en se retournant, il aperçut du côté de Gagny, entre deux arbres, un léger flocon de fumée qui s'envolait, pareil à un fil de la vierge. Le bois restait profond et doux.

– Les gredins se sont jetés dans la forêt, murmura-t-il. Ils nous savent ici.

Alors, la fusillade continua, de plus en plus nourrie, entre les soldats français, postés autour du moulin, et les Prussiens, cachés derrière les arbres. Les balles sifflaient au-dessus de la Morelle, sans causer de pertes ni d'un côté ni de l'autre. Les coups étaient irréguliers, partaient de chaque buisson ; et l'on n'apercevait toujours que les petites fumées, balancées mollement par le vent. Cela dura près de deux heures. L'officier chantonnait d'un air indifférent. Françoise et Dominique, qui étaient restés dans la cour, se haussaient et regardaient par-dessus une muraille basse. Ils s'intéressaient surtout à un petit soldat, posté au bord de la Morelle, derrière la carcasse d'un vieux bateau ; il était à plat ventre, guettait, lâchait son coup de feu, puis se laissait glisser dans un fossé, un peu en arrière, pour recharger son fusil ; et ses mouvements étaient si drôles, si rusés, si souples, qu'on se laissait aller à sourire en le voyant. Il dut apercevoir quelque tête de Prussien, car il se leva vivement et épaula ; mais, avant qu'il eût tiré, il jeta un cri, tourna sur lui-même et roula dans le fossé, où ses jambes eurent un instant le roidissement convulsif des pattes d'un poulet qu'on égorge. Le petit soldat venait de recevoir une balle en pleine poitrine. C'était le premier mort. Instinctivement, Françoise avait saisi la main de Dominique et la lui serrait, dans une crispation nerveuse.

– Ne restez pas là, dit le capitaine. Les balles viennent jusqu'ici.

En effet, un petit coup sec s'était fait entendre dans le vieil orme, et un bout de branche tombait en se balançant. Mais les deux jeunes gens ne bougèrent pas, cloués par l'anxiété du spectacle. À la lisière du bois, un Prussien était brusquement sorti de derrière un arbre comme d'une coulisse, battant l'air de ses bras et tombant à la renverse. Et rien ne bougea plus, les deux morts semblaient dormir au grand soleil, on ne voyait toujours personne dans la campagne alourdie. Le pétillement de la fusillade lui-même cessa. Seule, la Morelle chuchotait avec son bruit clair.

Le père Merlier regarda le capitaine d'un air de surprise, comme pour lui demander si c'était fini.

– Voilà le grand coup, murmura celui-ci. Méfiez-vous. Ne restez pas là.

Il n'avait pas achevé qu'une décharge effroyable eut lieu. Le grand orme fut comme fauché, une volée de feuilles tournoya. Les Prussiens avaient heureusement tiré trop haut. Dominique entraîna, emporta presque Françoise, tandis que le père Merlier les suivait en criant :

– Mettez-vous dans le petit caveau, les murs sont solides.

Mais ils ne l'écoutèrent pas, ils entrèrent dans la grande salle, où une dizaine de soldats attendaient en silence, les volets fermés, guettant par des fentes. Le capitaine était resté seul dans la cour, accroupi derrière la petite muraille, pendant que des décharges furieuses continuaient. Au-dehors, les soldats qu'il avait postés, ne cédaient le terrain que pied à pied. Pourtant, ils rentraient un à un en rampant, quand l'ennemi les avait délogés de leurs cachettes. Leur consigne était de gagner du temps, de ne point se montrer, pour que les Prussiens ne pussent savoir quelles forces ils avaient devant eux. Une heure encore s'écoula. Et, comme un sergent arrivait, disant qu'il n'y avait plus dehors que deux ou trois hommes, l'officier tira sa montre, en murmurant :

– Deux heures et demie… Allons, il faut tenir quatre heures.

Il fit fermer le grand portail de la cour, et tout fut préparé pour une résistance énergique. Comme les Prussiens se trouvaient de l'autre côté de la Morelle, un assaut immédiat n'était pas à craindre. Il y avait bien un pont à deux kilomètres, mais ils ignoraient sans doute son existence, et il était peu croyable qu'ils tenteraient de passer à gué la rivière. L'officier fit donc simplement surveiller la route. Tout l'effort allait porter du côté de la campagne.

La fusillade de nouveau avait cessé. Le moulin semblait mort sous le grand soleil. Pas un volet n'était ouvert, aucun bruit ne sortait de l'intérieur. Peu à peu, cependant, des Prussiens se montraient à la lisière du bois de Gagny. Ils allongeaient la tête, s'enhardissaient. Dans le moulin, plusieurs soldats épaulaient déjà ; mais le capitaine cria :

– Non, non, attendez… Laissez-les s'approcher.

Ils y mirent beaucoup de prudence, regardant le moulin d'un air méfiant. Cette vieille demeure, silencieuse et morne, avec ses rideaux de lierre, les inquiétait. Pourtant, ils avançaient. Quand ils furent une cinquantaine dans la prairie, en face, l'officier dit un seul mot :

– Allez !

Un déchirement se fit entendre, des coups isolés suivirent. Françoise, agitée d'un tremblement, avait porté malgré elle les mains à ses oreilles. Dominique, derrière les soldats, regardait ; et, quand la fumée se fut un peu dissipée, il aperçut trois Prussiens étendus sur le dos, au milieu du pré. Les autres s'étaient jetés derrière les saules et les peupliers. Et le siège commença.

Pendant plus d'une heure, le moulin fut criblé de balles. Elles en fouettaient les vieux murs comme une grêle. Lorsqu'elles frappaient sur de la pierre, on les entendait s'écraser et retomber à l'eau. Dans le bois, elles s'enfonçaient avec un bruit sourd. Parfois, un craquement annonçait que la roue venait d'être touchée. Les soldats, à l'intérieur, ménageaient leurs coups, ne tiraient que lorsqu'ils pouvaient viser. De temps à autre, le capitaine consultait sa montre. Et, comme une balle fendait un volet et allait se loger dans le plafond :

– Quatre heures, murmura-t-il. Nous ne tiendrons jamais.

Peu à peu, en effet, cette fusillade terrible ébranlait le vieux moulin. Un volet tomba à l'eau, troué comme une dentelle, et il fallut le remplacer par un matelas. Le père Merlier, à chaque instant, s'exposait pour constater les avaries de sa pauvre roue, dont les craquements lui allaient au cœur. Elle était bien finie, cette fois ; jamais il ne pourrait la raccommoder. Dominique avait supplié Françoise de se retirer, mais elle voulait rester avec lui ; elle s'était assise derrière une grande armoire de chêne, qui la protégeait. Une balle pourtant arriva dans l'armoire, dont les flancs rendirent un son grave. Alors, Dominique se plaça devant Françoise. Il n'avait pas encore tiré, il tenait son fusil à la main, ne pouvant approcher des fenêtres dont les soldats tenaient toute la largeur. À chaque décharge, le plancher tressaillait.

– Attention ! attention ! cria tout d'un coup le capitaine.

Il venait de voir sortir du bois toute une masse sombre. Aussitôt s'ouvrit un formidable feu de peloton. Ce fut comme une trombe qui passa sur le moulin. Un autre volet partit, et par l'ouverture béante de la fenêtre, les balles entrèrent. Deux soldats roulèrent sur le carreau. L'un ne remua plus ; on le poussa contre le mur, parce qu'il encombrait. L'autre se tordit en demandant qu'on l'achevât ; mais on ne l'écoutait point, les balles entraient toujours, chacun se garait et tâchait de trouver une meurtrière pour riposter. Un troisième soldat fut blessé ; celui-là ne dit pas une parole, il se laissa couler au bord d'une table, avec des yeux fixes et hagards. En face de ces morts, Françoise, prise d'horreur, avait repoussé machinalement sa chaise, pour s'asseoir à terre, contre le mur ; elle se croyait là plus petite et moins en danger. Cependant, on était allé prendre tous les matelas de la maison, on avait rebouché à moitié la fenêtre. La salle s'emplissait de débris, d'armes rompues, de meubles éventrés.

– Cinq heures, dit le capitaine. Tenez bon… Ils vont chercher à passer l'eau.

À ce moment, Françoise poussa un cri. Une balle, qui avait ricoché, venait de lui effleurer le front. Quelques gouttes de sang parurent. Dominique la regarda ; puis, s'approchant de la fenêtre, il lâcha son premier coup de feu, et il ne s'arrêta plus. Il chargeait, tirait, sans s'occuper de ce qui se passait près de lui ; de temps à autre seulement, il jetait un coup d'œil sur Françoise. D'ailleurs, il ne se pressait pas, visait avec soin. Les Prussiens, longeant les peupliers, tentaient le passage de la Morelle, comme le capitaine l'avait prévu ; mais, dès qu'un d'entre eux se hasardait, il tombait frappé à la tête par une balle de Dominique. Le capitaine, qui suivait ce jeu, était émerveillé. Il complimenta le jeune homme, en lui disant qu'il serait heureux d'avoir beaucoup de tireurs de sa force. Dominique ne l'entendait pas. Une balle lui entama l'épaule, une autre lui contusionna le bras. Et il tirait toujours.

Il y eut deux nouveaux morts. Les matelas, déchiquetés, ne bouchaient plus les fenêtres. Une dernière décharge semblait devoir emporter le moulin. La position n'était plus tenable. Cependant, l'officier répétait :

– Tenez bon… Encore une demi-heure.

Maintenant, il comptait les minutes. Il avait promis à ses chefs d'arrêter l'ennemi là jusqu'au soir, et il n'aurait pas reculé d'une semelle avant l'heure qu'il avait fixée pour la retraite. Il gardait son air aimable, souriait à Françoise, afin de la rassurer. Lui-même venait de ramasser le fusil d'un soldat mort et faisait le coup de feu.

Il n'y avait plus que quatre soldats dans la salle. Les Prussiens se montraient en masse sur l'autre bord de la Morelle, et il était évident qu'ils allaient passer la rivière d'un moment à l'autre. Quelques minutes s'écoulèrent encore. Le capitaine s'entêtait, ne voulait pas donner l'ordre de la retraite, lorsqu'un sergent accourut, en disant :

– Ils sont sur la route, ils vont nous prendre par derrière.

Les Prussiens devaient avoir trouvé le pont. Le capitaine tira sa montre.

– Encore cinq minutes, dit-il. Ils ne seront pas ici avant cinq minutes.

Puis, à six heures précises, il consentit enfin à faire sortir ses hommes par une petite porte qui donnait sur une ruelle. De là, ils se jetèrent dans un fossé, ils gagnèrent la forêt de Sauval. Le capitaine avait, avant de partir, salué très poliment le père Merlier, en s'excusant. Et il avait même ajouté :

– Amusez-les… Nous reviendrons.

Cependant, Dominique était resté seul dans la salle. Il tirait toujours, n'entendant rien, ne comprenant rien. Il n'éprouvait que le besoin de défendre Françoise. Les soldats étaient partis, sans qu'il s'en doutât le moins du monde. Il visait et tuait son homme à chaque coup. Brusquement, il y eut un grand bruit. Les Prussiens, par derrière, venaient d'envahir la cour. Il lâcha un dernier coup, et ils tombèrent sur lui, comme son fusil fumait encore.

Quatre hommes le tenaient. D'autres vociféraient autour de lui, dans une langue effroyable. Ils faillirent l'égorger tout de suite. Françoise s'était jetée en avant, suppliante. Mais un officier entra et se fit remettre le prisonnier. Après quelques phrases qu'il échangea en allemand avec les soldats, il se tourna vers Dominique et lui dit rudement, en très bon français :

– Vous serez fusillé dans deux heures.

III

C'était une règle posée par l'état-major allemand : tout Français n'appartenant pas à l'armée régulière et pris les armes à la main, devait être fusillé. Les compagnies franches elles-mêmes n'étaient pas reconnues comme belligérantes. En faisant ainsi de terribles exemples sur les paysans qui défendaient leurs foyers, les Allemands voulaient empêcher la levée en masse, qu'ils redoutaient.

L'officier, un homme grand et sec, d'une cinquantaine d'années, fit subir à Dominique un bref interrogatoire. Bien qu'il parlât le français très purement, il avait une raideur toute prussienne.

– Vous êtes de ce pays ?

– Non, je suis Belge.

– Pourquoi avez-vous pris les armes ?... Tout ceci ne doit pas vous regarder.

Dominique ne répondit pas. À ce moment, l'officier aperçut Françoise debout et très pâle, qui écoutait ; sur son front blanc, sa légère blessure mettait une barre rouge. Il regarda les jeunes gens l'un après l'autre, parut comprendre, et se contenta d'ajouter :

– Vous ne niez pas avoir tiré ?

– J'ai tiré tant que j'ai pu, répondit tranquillement Dominique.

Cet aveu était inutile, car il était noir de poudre, couvert de sueur, taché de quelques gouttes de sang qui avaient coulé de l'éraflure de son épaule.

– C'est bien, répéta l'officier. Vous serez fusillé dans deux heures.

Françoise ne cria pas. Elle joignit les mains et les éleva dans un geste de muet désespoir. L'officier remarqua ce geste. Deux soldats avaient emmené Dominique dans une pièce voisine, où ils devaient le garder à vue. La jeune fille était tombée sur une chaise, les jambes brisées ; elle ne pouvait pleurer, elle étouffait. Cependant, l'officier l'examinait toujours. Il finit par lui adresser la parole :

– Ce garçon est votre frère ? demanda-t-il.

Elle dit non de la tête. Il resta raide, sans un sourire. Puis, au bout d'un silence :

– Il habite le pays depuis longtemps ?

Elle dit oui, d'un nouveau signe.

– Alors il doit très bien connaître les bois voisins ?

Cette fois, elle parla.

– Oui, monsieur, dit-elle en le regardant avec quelque surprise.

Il n'ajouta rien et tourna sur ses talons, en demandant qu'on lui amenât le maire du village. Mais Françoise s'était levée, une légère rougeur au visage, croyant avoir saisi le but de ses questions et reprise d'espoir. Ce fut elle-même qui courut pour trouver son père.

Le père Merlier, dès que les coups de feu avaient cessé, était vivement descendu par la galerie de bois, pour visiter sa roue. Il adorait sa fille, il avait une solide amitié pour Dominique, son futur gendre ; mais sa roue tenait aussi une large place dans son cœur. Puisque les deux petits, comme il les appelait, étaient sortis sains et saufs de la bagarre, il songeait à son autre tendresse, qui avait singulièrement souffert, celle-là. Et, penché sur la grande carcasse de bois, il en étudiait les blessures d'un air navré. Cinq palettes étaient en miettes, la charpente centrale était criblée. Il fourrait les doigts dans les trous des balles, pour en mesurer la profondeur ; il réfléchissait à la façon dont il pourrait réparer toutes ces avaries. Françoise le trouva qui bouchait déjà des fentes avec des débris et de la mousse.

– Père, dit-elle, ils vous demandent.

Et elle pleura enfin, en lui contant ce qu'elle venait d'entendre. Le père Merlier hocha la tête. On ne fusillait pas les gens comme ça. Il fallait voir. Et il rentra dans le moulin, de son air silencieux et paisible. Quand l'officier lui eut demandé des vivres pour ses hommes, il répondit que les gens de Rocreuse n'étaient pas habitués à être brutalisés, et qu'on n'obtiendrait rien d'eux si l'on employait la violence. Il se chargeait de tout, mais à la condition qu'on le laissât agir seul. L'officier parut se fâcher d'abord de ce ton tranquille ; puis, il céda, devant les paroles brèves et nettes du vieillard. Même il le rappela, pour lui demander :

– Ces bois-là, en face, comment les nommez-vous ?

– Les bois de Sauval.

– Et quelle est leur étendue ?

Le meunier le regarda fixement.

– Je ne sais pas, répondit-il.

Et il s'éloigna. Une heure plus tard, la contribution de guerre en vivres et en argent, réclamée par l'officier, était dans la cour du moulin. La nuit venait, Françoise suivait avec anxiété les mouvements des soldats. Elle ne s'éloignait pas de la pièce dans laquelle était enfermé Dominique. Vers sept heures, elle eut une émotion poignante ; elle vit l'officier entrer chez le prisonnier, et, pendant un quart d'heure, elle entendit leurs voix qui s'élevaient. Un instant, l'officier reparut sur le seuil pour donner un ordre en allemand, qu'elle ne comprit pas ; mais, lorsque douze hommes furent venus se ranger dans la cour, le fusil au bras, un tremblement la saisit, elle se sentit mourir. C'en était donc fait ; l'exécution allait avoir lieu. Les douze hommes restèrent là dix minutes, la voix de Dominique continuait à s'élever sur un ton de refus violent. Enfin, l'officier sortit, en fermant brutalement la porte et en disant :

– C'est bien, réfléchissez... Je vous donne jusqu'à demain matin.

Et, d'un geste, il fit rompre les rangs aux douze hommes. Françoise restait hébétée. Le père Merlier, qui avait continué de fumer sa pipe, en regardant le peloton d'un air simplement curieux, vint la prendre par le bras, avec une douceur paternelle. Il l'emmena dans sa chambre.

– Tiens-toi tranquille, lui dit-il, tâche de dormir... Demain, il fera jour, et nous verrons.

En se retirant, il l'enferma par prudence. Il avait pour principe que les femmes ne sont bonnes à rien, et qu'elles gâtent tout, lorsqu'elles s'occupent d'une affaire sérieuse. Cependant, Françoise ne se coucha pas. Elle demeura longtemps assise sur son lit, écoutant les rumeurs de la maison. Les soldats allemands, campés dans la cour, chantaient et riaient ; ils durent manger et boire jusqu'à onze heures, car le tapage ne cessa pas un instant. Dans le moulin même, des pas lourds résonnaient de temps à autre, sans doute des sentinelles qu'on relevait. Mais, ce qui l'intéressait surtout, c'étaient les bruits qu'elle pouvait saisir dans la pièce qui se trouvait sous sa chambre. Plusieurs fois elle se coucha par terre, elle appliqua son oreille contre le plancher. Cette pièce était justement celle où l'on avait enfermé Dominique. Il devait marcher du mur à la fenêtre, car elle entendit longtemps la cadence régulière de sa promenade ; puis, il se fit un grand silence, il s'était sans doute assis. D'ailleurs, les rumeurs cessaient, tout s'endormait. Quand la maison lui parut s'assoupir, elle ouvrit sa fenêtre le plus doucement possible, elle s'accouda.

Au-dehors, la nuit avait une sérénité tiède. Le mince croissant de la lune, qui se couchait derrière les bois de Sauval, éclairait la campagne d'une lueur de veilleuse. L'ombre allongée des grands arbres barrait de noir les prairies, tandis que l'herbe, aux endroits découverts, prenait une douceur de velours verdâtre. Mais Françoise ne s'arrêtait guère au charme mystérieux de la nuit. Elle étudiait la campagne, cherchant les sentinelles que les Allemands avaient dû poster de ce côté. Elle voyait parfaitement leurs ombres s'échelonner le long de la Morelle. Une seule se trouvait devant le moulin, de l'autre côté de la rivière, près d'un saule dont les branches trempaient dans l'eau. Françoise la distinguait parfaitement. C'était un grand garçon qui se tenait immobile, la face tournée vers le ciel, de l'air rêveur d'un berger.

Alors, quand elle eut ainsi inspecté les lieux avec soin, elle revint s'asseoir sur son lit. Elle y resta une heure, profondément absorbée. Puis elle écouta de nouveau : la maison n'avait plus un souffle. Elle retourna à la fenêtre, jeta un coup d'œil ; mais sans doute une des cornes de la lune qui apparaissait encore derrière les arbres, lui parut gênante, car elle se remit à attendre. Enfin, l'heure lui sembla venue. La nuit était toute noire, elle n'apercevait plus la sentinelle en face, la campagne s'étalait comme une mare d'encre. Elle tendit l'oreille un instant et se décida. Il y avait là, passant près de la fenêtre, une échelle de fer, des barres scellées dans le mur, qui montait de la roue au grenier, et qui servait autrefois aux meuniers pour visiter certains rouages ; puis, le mécanisme avait été modifié, depuis longtemps l'échelle disparaissait sous les lierres épais qui couvraient ce côté du moulin.

Françoise, bravement, enjamba la balustrade de sa fenêtre, saisit une des barres de fer et se trouva dans le vide. Elle commença à descendre. Ses jupons l'embarrassaient beaucoup. Brusquement, une pierre se détacha de la muraille et tomba dans la Morelle avec un rejaillissement sonore. Elle s'était arrêtée, glacée d'un frisson. Mais elle comprit que la chute d'eau, de son ronflement continu, couvrait à distance tous les bruits qu'elle pouvait faire, et elle descendit alors plus hardiment, tâtant le lierre du pied, s'assurant des échelons. Lorsqu'elle fut à la hauteur de la chambre qui servait de prison à Dominique, elle s'arrêta. Une difficulté imprévue faillit lui faire perdre tout son courage : la fenêtre de la pièce du bas n'était pas régulièrement percée au-dessous de la fenêtre de sa chambre, elle s'écartait de l'échelle, et lorsqu'elle allongea la main, elle ne rencontra que la muraille. Lui faudrait-il donc remonter, sans pousser son projet jusqu'au bout ? Ses bras se lassaient, le murmure de la Morelle, au-dessous d'elle, commençait à lui donner des vertiges. Alors, elle arracha du mur de petits fragments de plâtre et les lança dans la fenêtre de Dominique. Il n'entendait pas, peut-être dormait-il. Elle émietta encore la muraille, elle s'écorchait les doigts. Et elle était à bout de force, elle se sentait tomber à la renverse, lorsque Dominique ouvrit enfin doucement.

– C'est moi, murmura-t-elle. Prends-moi vite, je tombe.

C'était la première fois qu'elle le tutoyait. Il la saisit, en se penchant, et l'apporta dans la chambre. Là, elle eut une crise de larmes, étouffant ses sanglots, pour qu'on ne l'entendît pas. Puis, par un effort suprême, elle se calma.

– Vous êtes gardé ? demanda-t-elle à voix basse.

Dominique, encore stupéfait de la voir ainsi, fit un simple signe, en montrant sa porte. De l'autre côté, on entendait un ronflement ; la sentinelle, cédant au sommeil, avait dû se coucher par terre, contre la porte, en se disant que, de cette façon, le prisonnier ne pouvait bouger.

– Il faut fuir, reprit-elle vivement. Je suis venue pour vous supplier de fuir et pour vous dire adieu.

Mais lui ne paraissait pas l'entendre. Il répétait :

– Comment, c'est vous, c'est vous... Oh ! que vous m'avez fait peur ! Vous pouviez vous tuer.

Il lui prit les mains, il les baisa.

– Que je vous aime, Françoise !... Vous êtes aussi courageuse que bonne. Je n'avais qu'une crainte, c'était de mourir sans vous avoir revue... Mais vous êtes là, et maintenant ils peuvent me fusiller. Quand j'aurai passé un quart d'heure avec vous, je serai prêt.

Peu à peu, il l'avait attirée à lui, et elle appuyait sa tête sur son épaule. Le danger les rapprochait. Ils oubliaient tout dans cette étreinte.

– Ah ! Françoise, reprit Dominique d'une voix caressante, c'est aujourd'hui la Saint-Louis, le jour si longtemps attendu de notre mariage. Rien n'a pu nous séparer, puisque nous voilà tous les deux seuls, fidèles au rendez-vous... N'est-ce pas ? c'est à cette heure le matin des noces.

– Oui, oui, répéta-t-elle, le matin des noces.

Ils échangèrent un baiser en frissonnant. Mais, tout d'un coup, elle se dégagea, la terrible réalité se dressait devant elle.

– Il faut fuir, il faut fuir, bégaya-t-elle. Ne perdons pas une minute.

Et comme il tendait les bras dans l'ombre pour la reprendre, elle le tutoya de nouveau :

– Oh ! je t'en prie, écoute-moi... Si tu meurs, je mourrai. Dans une heure, il fera jour. Je veux que tu partes tout de suite.

Alors, rapidement, elle expliqua son plan. L'échelle de fer descendait jusqu'à la roue ; là, il pourrait s'aider des palettes et entrer dans la barque qui se trouvait dans un enfoncement. Il lui serait facile ensuite de gagner l'autre bord de la rivière et de s'échapper.

– Mais il doit y avoir des sentinelles ? dit-il.

– Une seule, en face, au pied du premier saule.

– Et si elle m'aperçoit, si elle veut crier ?

Françoise frissonna. Elle lui mit dans la main un couteau qu'elle avait descendu. Il y eut un silence.

– Et votre père, et vous ? reprit Dominique. Mais non, je ne puis fuir… Quand je ne serai plus là, ces soldats vous massacreront peut-être… Vous ne les connaissez pas. Ils m'ont proposé de me faire grâce, si je consentais à les guider dans la forêt de Sauval. Lorsqu'ils ne me trouveront plus, ils sont capables de tout.

La jeune fille ne s'arrêta pas à discuter. Elle répondit simplement à toutes les raisons qu'il donnait :

– Par amour pour moi, fuyez… Si vous m'aimez, Dominique, ne restez pas ici une minute de plus.

Puis, elle promit de remonter dans sa chambre. On ne saurait pas qu'elle l'avait aidé. Elle finit par le prendre dans ses bras, par l'embrasser, pour le convaincre, avec un élan de passion extraordinaire. Lui, était vaincu. Il ne posa plus qu'une question.

– Jurez-moi que votre père connaît votre démarche et qu'il me conseille la fuite ?

– C'est mon père qui m'a envoyée, répondit hardiment Françoise.

Elle mentait. Dans ce moment, elle n'avait qu'un besoin immense, le savoir en sûreté, échapper à cette abominable pensée que le soleil allait être le signal de sa mort. Quand il serait loin, tous les malheurs pouvaient fondre sur elle ; cela lui paraîtrait doux, du moment où il vivrait. L'égoïsme de sa tendresse le voulait vivant, avant toutes choses.

– C'est bien, dit Dominique, je ferai comme il vous plaira.

Alors, ils ne parlèrent plus. Dominique alla rouvrir la fenêtre. Mais, brusquement, un bruit les glaça. La porte fut ébranlée, et ils crurent qu'on l'ouvrait. Évidemment, une ronde avait entendu leurs voix. Et tous deux debout, serrés l'un contre l'autre, attendaient dans une angoisse indicible. La porte fut de nouveau secouée ; mais elle ne s'ouvrit pas. Ils eurent chacun un soupir étouffé ; ils venaient de comprendre, ce devait être le soldat couché en travers du seuil, qui s'était retourné. En effet, le silence se fit, les ronflements recommencèrent.

Dominique voulut absolument que Françoise remontât d'abord chez elle. Il la prit dans ses bras, il lui dit un muet adieu. Puis, il l'aida à saisir l'échelle et se cramponna à son tour. Mais il refusa de descendre un seul échelon avant de la savoir dans sa chambre. Quand Françoise fut rentrée, elle laissa tomber d'une voix légère comme un souffle :

– Au revoir, je t'aime !

Elle resta accoudée, elle tâcha de suivre Dominique. La nuit était toujours très noire. Elle chercha la sentinelle et ne l'aperçut pas ; seul, le saule faisait une tache pâle, au milieu des ténèbres. Pendant un instant, elle entendit le frôlement du corps de Dominique le long du lierre. Ensuite la roue craqua, et il y eut un léger clapotement qui lui annonça que le jeune homme venait de trouver la barque. Une minute plus tard, en effet, elle distingua la silhouette sombre de la barque sur la nappe grise de la Morelle. Alors, une angoisse terrible la reprit à la gorge. À chaque instant, elle croyait entendre le cri d'alarme de la sentinelle ; les moindres bruits, épars dans l'ombre, lui semblaient des pas précipités de soldats, des froissements d'armes, des bruits de fusils qu'on armait. Pourtant, les secondes s'écoulaient, la campagne gardait sa paix souveraine. Dominique devait aborder à l'autre rive. Françoise ne voyait plus rien. Le silence était majestueux. Et elle entendit un piétinement, un cri rauque, la chute sourde d'un corps. Puis, le silence se fit plus profond. Alors, comme si elle eût senti la mort passer, elle resta toute froide, en face de l'épaisse nuit.

IV

Dès le petit jour, des éclats de voix ébranlèrent le moulin. Le père Merlier était venu ouvrir la porte de Françoise. Elle descendit dans la cour, pâle et très calme. Mais là, elle ne put réprimer un frisson, en face du cadavre d'un soldat Prussien, qui était allongé près du puits, sur un manteau étalé.

Autour du corps, des soldats gesticulaient, criaient sur un ton de fureur. Plusieurs d'entre eux montraient les poings au village. Cependant, l'officier venait de faire appeler le père Merlier, comme maire de la commune.

– Voici, lui dit-il d'une voix étranglée par la colère, un de nos hommes que l'on a trouvé assassiné sur le bord de la rivière… Il nous faut un exemple éclatant, et je compte que vous allez nous aider à découvrir le meurtrier.

– Tout ce que vous voudrez, répondit le meunier avec son flegme. Seulement, ce ne sera pas commode.

L'officier s'était baissé pour écarter un pan du manteau, qui cachait la figure du mort. Alors apparut une horrible blessure. La sentinelle avait été frappée à la gorge, et l'arme était restée dans la plaie. C'était un couteau de cuisine à manche noir.

– Regardez ce couteau, dit l'officier au père Merlier, peut-être nous aidera-t-il dans nos recherches.

Le vieillard avait eu un tressaillement. Mais il se remit aussitôt, il répondit, sans qu'un muscle de sa face bougeât :

– Tout le monde a des couteaux pareils, dans nos campagnes… Peut-être que votre homme s'ennuyait de se battre et qu'il se sera fait son affaire lui-même. Ça se voit.

– Taisez-vous ! cria furieusement l'officier. Je ne sais ce qui me retient de mettre le feu aux quatre coins du village.

La colère heureusement l'empêchait de remarquer la profonde altération du visage de Françoise. Elle avait dû s'asseoir sur le banc de pierre, près du puits. Malgré elle, ses regards ne quittaient plus ce cadavre, étendu à terre, presque à ses pieds. C'était un grand et beau garçon, qui ressemblait à Dominique, avec des cheveux blonds et des yeux bleus. Cette ressemblance lui retournait le cœur. Elle pensait que le mort avait peut-être laissé là-bas, en Allemagne, quelque amoureuse qui allait pleurer. Et elle reconnaissait son couteau dans la gorge du mort. Elle l'avait tué.

Cependant, l'officier parlait de frapper Rocreuse de mesures terribles, lorsque des soldats accoururent. On venait de s'apercevoir seulement de l'évasion de Dominique. Cela causa une agitation extrême. L'officier se rendit sur les lieux, regarda par la fenêtre laissée ouverte, comprit tout, et revint exaspéré.

Le père Merlier parut très contrarié de la fuite de Dominique.

– L'imbécile ! murmura-t-il, il gâte tout.

Françoise qui l'entendit, fut prise d'angoisse. Son père, d'ailleurs, ne soupçonnait pas sa complicité. Il hocha la tête, en lui disant à demi-voix :

– À présent, nous voilà propres !

– C'est ce gredin ! c'est ce gredin ! criait l'officier. Il aura gagné les bois… Mais il faut qu'on nous le retrouve, ou le village paiera pour lui.

Et, s'adressant au meunier :

– Voyons, vous devez savoir où il se cache ?

Le père Merlier eut son rire silencieux, en montrant la large étendue des coteaux boisés.

– Comment voulez-vous trouver un homme là-dedans ? dit-il.

– Oh ! il doit y avoir des trous que vous connaissez. Je vais vous donner dix hommes. Vous les guiderez.

– Je veux bien. Seulement, il nous faudra huit jours pour battre tous les bois des environs.

La tranquillité du vieillard enrageait l'officier. Il comprenait en effet le ridicule de cette battue. Ce fut alors qu'il aperçut sur le banc Françoise pâle et tremblante. L'attitude anxieuse de la jeune fille le frappa. Il se tut un instant, examinant tour à tour le meunier et Françoise.

– Est-ce que cet homme, finit-il par demander brutalement au vieillard, n'est pas l'amant de votre fille ?

Le père Merlier devint livide, et l'on put croire qu'il allait se jeter sur l'officier pour l'étrangler. Il se raidit, il ne répondit pas. Françoise avait mis son visage entre ses mains.

– Oui, c'est cela, continua le Prussien, vous ou votre fille l'avez aidé à fuir. Vous êtes son complice… Une dernière fois, voulez-vous nous le livrer ?

Le meunier ne répondit pas. Il s'était détourné, regardant au loin d'un air indifférent, comme si l'officier ne s'adressait pas à lui. Cela mit le comble à la colère de ce dernier.

– Eh bien ! déclara-t-il, vous allez être fusillé à sa place.

Et il commanda une fois encore le peloton d'exécution. Le père Merlier garda son flegme. Il eut à peine un léger haussement d'épaules, tout ce drame lui semblait d'un goût médiocre. Sans doute il ne croyait pas qu'on fusillât un homme si aisément. Puis, quand le peloton fut là, il dit avec gravité :

– Alors, c'est sérieux ?… Je veux bien. S'il vous en faut un absolument, moi autant qu'un autre.

Mais Françoise s'était levée, affolée, bégayant :

– Grâce, monsieur, ne faites pas du mal à mon père. Tuez-moi à sa place… C'est moi qui ai aidé Dominique à fuir. Moi seule suis coupable.

– Tais-toi, fillette, s'écria le père Merlier. Pourquoi mens-tu ?… Elle a passé la nuit enfermée dans sa chambre, monsieur. Elle ment, je vous assure.

– Non, je ne mens pas, reprit ardemment la jeune fille. Je suis descendue par la fenêtre, j'ai poussé Dominique à s'enfuir… C'est la vérité, la seule vérité…

Le vieillard était devenu très pâle. Il voyait bien dans ses yeux qu'elle ne mentait pas, et cette histoire l'épouvantait. Ah ! ces enfants, avec leurs cœurs, comme ils gâtaient tout ! Alors, il se fâcha.

– Elle est folle, ne l'écoutez pas. Elle vous raconte des histoires stupides… Allons, finissons-en.

Elle voulut protester encore. Elle s'agenouilla, elle joignit les mains. L'officier, tranquillement, assistait à cette lutte douloureuse.

– Mon Dieu ! finit-il par dire, je prends votre père, parce que je ne tiens plus l'autre… Tâchez de retrouver l'autre, et votre père sera libre.

Un moment, elle le regarda, les yeux agrandis par l'atrocité de cette proposition.

– C'est horrible, murmura-t-elle. Où voulez-vous que je retrouve Dominique, à cette heure ? Il est parti, je ne sais plus.

– Enfin, choisissez. Lui ou votre père.

– Oh ! mon Dieu ! est-ce que je puis choisir ? Mais je saurais où est Dominique, que je ne pourrais pas choisir !… C'est mon cœur que vous coupez… J'aimerais mieux mourir tout de suite. Oui, ce serait plus tôt fait. Tuez-moi, je vous en prie, tuez-moi…

Cette scène de désespoir et de larmes finissait par impatienter l'officier. Il s'écria :

– En voilà assez ! Je veux être bon, je consens à vous donner deux heures… Si, dans deux heures, votre amoureux n'est pas là, votre père payera pour lui.

Et il fit conduire le père Merlier dans la chambre qui avait servi de prison à Dominique. Le vieux demanda du tabac et se mit à fumer. Sur son visage impassible on ne lisait aucune émotion. Seulement, quand il fut seul, tout en fumant, il pleura deux grosses larmes qui coulèrent lentement sur ses joues. Sa pauvre et chère enfant, comme elle souffrait !

Françoise était restée au milieu de la cour. Des soldats prussiens passaient en riant. Certains lui jetaient des mots, des plaisanteries qu'elle ne comprenait pas. Elle regardait la porte par laquelle son père venait de disparaître. Et, d'un geste lent, elle portait la main à son front, comme pour l'empêcher d'éclater.

L'officier tourna sur ses talons, en répétant :

– Vous avez deux heures. Tâchez de les utiliser.

Elle avait deux heures. Cette phrase bourdonnait dans sa tête. Alors, machinalement, elle sortit de la cour, elle marcha devant elle. Où aller ? Que faire ? Elle n'essayait même pas de prendre un parti, parce qu'elle sentait bien l'inutilité de ses efforts. Pourtant, elle aurait voulu voir Dominique. Ils se seraient entendus tous les deux, ils auraient peut-être trouvé un expédient. Et, au milieu de la confusion de ses pensées, elle descendit au bord de la Morelle, qu'elle traversa en dessous de l'écluse, à un endroit où il y avait de grosses pierres. Ses pieds la conduisirent sous le premier saule, au coin de la prairie. Comme elle se baissait, elle aperçut une mare de sang qui la fit pâlir. C'était bien là. Et elle suivit les traces de Dominique dans l'herbe foulée ; il avait dû courir, on voyait une ligne de grands pas coupant la prairie de biais. Puis, au-delà, elle perdit ces traces. Mais, dans un pré voisin, elle crut les retrouver. Cela la conduisit à la lisière de la forêt, où toute indication s'effaçait.

Françoise s'enfonça quand même sous les arbres. Cela la soulageait d'être seule. Elle s'assit un instant. Puis, en songeant que l'heure s'écoulait, elle se remit debout. Depuis combien de temps avait-elle quitté le moulin ? Cinq minutes ? une demi-heure ? Elle n'avait plus conscience du temps. Peut-être Dominique était-il allé se cacher dans un taillis qu'elle connaissait, et où ils avaient, une après-midi, mangé des noisettes ensemble. Elle se rendit au taillis, le visita. Un merle seul s'envola, en sifflant sa phrase douce et triste. Alors, elle pensa qu'il s'était réfugié dans un creux de roches, où il se mettait parfois à l'affût ; mais le creux de roches était vide. À quoi bon le chercher ? elle ne le trouverait pas ; et peu à peu le désir de le découvrir la passionnait, elle marchait plus vite. L'idée qu'il avait dû monter dans un arbre lui vint brusquement. Elle avança dès lors, les yeux levés, et pour qu'il la sût près de lui, elle l'appelait tous les quinze à vingt pas. Des coucous répondaient, un souffle qui passait dans les branches lui faisait croire qu'il était là et qu'il descendait. Une fois même, elle s'imagina le voir ; elle s'arrêta, étranglée, avec l'envie de fuir. Qu'allait-elle lui dire ? Venait-elle donc pour l'emmener et le faire fusiller ? Oh ! non, elle ne parlerait point de ces choses. Elle lui crierait de se sauver, de ne pas rester dans les environs. Puis, la pensée de son père qui l'attendait, lui causa une douleur aiguë. Elle tomba sur le gazon, en pleurant, en répétant tout haut :

– Mon Dieu ! mon Dieu ! pourquoi suis-je là !

Elle était folle d'être venue. Et comme prise de peur, elle courut, elle chercha à sortir de la forêt. Trois fois, elle se trompa, et elle croyait qu'elle ne retrouverait plus le moulin, lorsqu'elle déboucha dans une prairie, juste en face de Rocreuse. Dès qu'elle aperçut le village, elle s'arrêta. Est-ce qu'elle allait rentrer seule ?

Elle restait debout, quand une voix l'appela doucement :

– Françoise ! Françoise !

Et elle vit Dominique qui levait la tête, au bord d'un fossé. Juste Dieu ! elle l'avait trouvé ! Le ciel voulait donc sa mort ? Elle retint un cri, elle se laissa glisser dans le fossé.

– Tu me cherchais ? demanda-t-il.

– Oui, répondit-elle, la tête bourdonnante, ne sachant ce qu'elle disait.

– Ah ! que se passe-t-il ?

Elle baissa les yeux, elle balbutia :

– Mais, rien, j'étais inquiète, je désirais te voir.

Alors, tranquillisé, il lui expliqua qu'il n'avait pas voulu s'éloigner. Il craignait pour eux. Ces gredins de Prussiens étaient très capables de se venger sur les femmes et sur les vieillards. Enfin, tout allait bien, et il ajouta en riant :

– La noce sera pour dans huit jours, voilà tout.

Puis, comme elle restait bouleversée, il redevint grave.

– Mais, qu'as-tu ? Tu me caches quelque chose.

– Non, je te jure. J'ai couru pour venir.

Il l'embrassa, en disant que c'était imprudent pour elle et pour lui de causer davantage ; et il voulut remonter le fossé, afin de rentrer dans la forêt. Elle le retint. Elle tremblait.

– Écoute, tu ferais peut-être bien tout de même de rester là… Personne ne te cherche, tu ne crains rien.

– Françoise, tu me caches quelque chose, répéta-t-il.

De nouveau, elle jura qu'elle ne lui cachait rien. Seulement, elle aimait mieux le savoir près d'elle. Et elle bégaya encore d'autres raisons. Elle lui parut si singulière, que maintenant lui-même aurait refusé de s'éloigner. D'ailleurs, il croyait au retour des Français. On avait vu des troupes du côté de Sauval.

– Ah ! qu'ils se pressent, qu'ils soient ici le plus tôt possible ! murmura-t-elle avec ferveur.

À ce moment, onze heures sonnèrent au clocher de Rocreuse. Les coups arrivaient, clairs et distincts. Elle se leva, effarée ; il y avait deux heures qu'elle avait quitté le moulin.

– Écoute, dit-elle rapidement, si nous avons besoin de toi, je monterai dans ma chambre et j'agiterai mon mouchoir.

Et elle partit en courant, pendant que Dominique, très inquiet, s'allongeait au bord du fossé, pour surveiller le moulin. Comme elle allait rentrer dans Rocreuse, Françoise rencontra un vieux mendiant, le père Bontemps, qui connaissait tout le pays. Il la salua, il venait de voir le meunier au milieu des Prussiens ; puis, en faisant des signes de croix et en marmottant des mots entrecoupés, il continua sa route.

– Les deux heures sont passées, dit l'officier quand Françoise parut.

Le père Merlier était là, assis sur le banc, près du puits. Il fumait toujours. La jeune fille, de nouveau, supplia, pleura, s'agenouilla. Elle voulait gagner du temps. L'espoir de voir revenir les Français avait grandi en elle, et tandis qu'elle se lamentait, elle croyait entendre au loin les pas cadencés d'une armée. Oh ! s'ils avaient paru, s'ils les avaient tous délivrés !

– Écoutez, monsieur, une heure, encore une heure… Vous pouvez bien nous accorder une heure !

Mais l'officier restait inflexible. Il ordonna même à deux hommes de s'emparer d'elle et de l'emmener, pour qu'on procédât à l'exécution du vieux tranquillement. Alors, un combat affreux se passa dans le cœur de Françoise. Elle ne pouvait laisser ainsi assassiner son père. Non, non, elle mourrait plutôt avec Dominique ; et elle s'élançait vers sa chambre, lorsque Dominique lui-même entra dans la cour.

L'officier et les soldats poussèrent un cri de triomphe. Mais lui, comme s'il n'y avait eu là que Françoise, s'avança vers elle, tranquille, un peu sévère.

– C'est mal, dit-il. Pourquoi ne m'avez-vous pas ramené ? Il a fallu que le père Bontemps me contât les choses… Enfin, me voilà.

V

Il était trois heures. De grands nuages noirs avaient lentement empli le ciel, la queue de quelque orage voisin. Ce ciel jaune, ces haillons cuivrés changeaient la vallée de Rocreuse, si gaie au soleil, en un coupe-gorge plein d'une ombre louche. L'officier prussien s'était contenté de faire enfermer Dominique, sans se prononcer sur le sort qu'il lui réservait. Depuis midi, Françoise agonisait dans une angoisse abominable. Elle ne voulait pas quitter la cour, malgré les instances de son père. Elle attendait les Français. Mais les heures s'écoulaient, la nuit allait venir, et elle souffrait d'autant plus, que tout ce temps gagné ne paraissait pas devoir changer l'affreux dénouement.

Cependant, vers trois heures, les Prussiens firent leurs préparatifs de départ. Depuis un instant, l'officier s'était, comme la veille, enfermé avec Dominique. Françoise avait compris que la vie du jeune homme se décidait. Alors, elle joignit les mains, elle pria. Le père Merlier, à côté d'elle, gardait son attitude muette et rigide de vieux paysan, qui ne lutte pas contre la fatalité des faits.

– Oh ! mon Dieu ! oh ! mon Dieu ! balbutiait Françoise, ils vont le tuer...

Le meunier l'attira près de lui et la prit sur ses genoux comme un enfant.

À ce moment, l'officier sortait, tandis que, derrière lui, deux hommes amenaient Dominique.

– Jamais, jamais ! criait ce dernier. Je suis prêt à mourir.

– Réfléchissez bien, reprit l'officier. Ce service que vous me refusez, un autre nous le rendra. Je vous offre la vie, je suis généreux... Il s'agit simplement de nous conduire à Montredon, à travers bois. Il doit y avoir des sentiers.

Dominique ne répondait plus.

– Alors, vous vous entêtez ?

– Tuez-moi, et finissons-en, répondit-il.

Françoise, les mains jointes, le suppliait de loin. Elle oubliait tout, elle lui aurait conseillé une lâcheté. Mais le père Merlier lui saisit les mains, pour que les Prussiens ne vissent pas son geste de femme affolée.

– Il a raison, murmura-t-il, il vaut mieux mourir.

Le peloton d'exécution était là. L'officier attendait une faiblesse de Dominique. Il comptait toujours le décider. Il y eut un silence. Au loin, on entendait de violents coups de tonnerre. Une chaleur lourde écrasait la campagne. Et ce fut dans ce silence qu'un cri retentit :

– Les Français ! Les Français !

C'étaient eux, en effet. Sur la route de Sauval, à la lisière du bois, on distinguait la ligne des pantalons rouges. Ce fut, dans le moulin, une agitation extraordinaire. Les soldats prussiens couraient, avec des exclamations gutturales. D'ailleurs, pas un coup de feu n'avait encore été tiré.

– Les Français ! les Français ! cria Françoise en battant des mains.

Elle était comme folle. Elle venait de s'échapper de l'étreinte de son père, et elle riait, les bras en l'air. Enfin, ils arrivaient donc, et ils arrivaient à temps, puisque Dominique était encore là, debout !

Un feu de peloton terrible qui éclata comme un coup de foudre à ses oreilles, la fit se retourner. L'officier venait de murmurer :

– Avant tout, réglons cette affaire.

Et, poussant lui-même Dominique contre le mur d'un hangar, il avait commandé le feu. Quand Françoise se tourna, Dominique était par terre, la poitrine trouée de douze balles.

Elle ne pleura pas, elle resta stupide. Ses yeux devinrent fixes, et elle alla s'asseoir sous le hangar, à quelques pas du corps. Elle le regardait, elle avait par moments un geste vague et enfantin de la main. Les Prussiens s'étaient emparés du père Merlier comme d'un otage.

Ce fut un beau combat. Rapidement, l'officier avait posté ses hommes, comprenant qu'il ne pouvait battre en retraite, sans se faire écraser. Autant valait-il vendre chèrement sa vie. Maintenant, c'étaient les Prussiens qui défendaient le moulin, et les Français qui l'attaquaient. La fusillade commença avec une violence inouïe. Pendant une demi-heure, elle ne cessa pas. Puis, un éclat sourd se fit entendre, et un boulet cassa une maîtresse branche de l'orme séculaire. Les Français avaient du canon. Une batterie, dressée juste au-dessus du fossé, dans lequel s'était caché Dominique, balayait la grande rue de Rocreuse. La lutte, désormais, ne pouvait être longue.

Ah ! le pauvre moulin ! Des boulets le perçaient de part en part. Une moitié de la toiture fut enlevée. Deux murs s'écroulèrent. Mais c'était surtout du côté de la Morelle que le désastre devint lamentable. Les lierres, arrachés des murailles ébranlées, pendaient comme des guenilles ; la rivière emportait des débris de toutes sortes, et l'on voyait, par une brèche, la chambre de Françoise, avec son lit, dont les rideaux blancs étaient soigneusement tirés. Coup sur coup, la vieille roue reçut deux boulets, et elle eut un gémissement suprême : les palettes furent charriées dans le courant, la carcasse s'écrasa. C'était l'âme du gai moulin qui venait de s'exhaler.

Puis, les Français donnèrent l'assaut. Il y eut un furieux combat à l'arme blanche. Sous le ciel couleur de rouille, le coupe-gorge de la vallée s'emplissait de morts. Les larges prairies semblaient farouches, avec leurs grands arbres isolés, leurs rideaux de peupliers qui les tachaient d'ombre. À droite et à gauche, les forêts étaient comme les murailles d'un cirque qui enfermaient les combattants, tandis que les sources, les fontaines et les eaux courantes prenaient des bruits de sanglots, dans la panique de la campagne.

Sous le hangar, Françoise n'avait pas bougé, accroupie en face du corps de Dominique. Le père Merlier venait d'être tué raide par une balle perdue. Alors, comme les Prussiens étaient exterminés et que le moulin brûlait, le capitaine français entra le premier dans la cour. Depuis le commencement de la campagne, c'était l'unique succès qu'il remportait. Aussi, tout enflammé, grandissant sa haute taille, riait-il de son air aimable de beau cavalier. Et, apercevant Françoise imbécile entre les cadavres de son mari et de son père, au milieu des mines fumantes du moulin, il la salua galamment de son épée, en criant :

– Victoire ! victoire !